Bal de l'Internat 1905

MODERNE IMPRIMERIE - PARIS
9, r. Abel-Hovelacque. Téléph. 807-00

Le Comité du Bal 1905

* * *

Tout petit externe, notre frère, tes anciens t'invitent à venir en ce jour à Bullier noyer, dans les chants et les rires, les amertumes et les angoisses que des juges austères ont jetées en ton âme avec leurs questions, les seules que tu ne connaissais pas. Suis les conseils de notre Paul national et délasse-toi dans l'étude d'une anatomie moins osseuse. Laisse ta fleur d'oranger au vestiaire, tu la reprendras à la sortie pour la reporter à ta maman.

* * *

Pour toi, petite amie, jeune et jolie, ne sois pas avare de tes charmes : c'est toi qui dois le consoler de ses déboires et c'est dans ta coupe qu'il boira l'ivresse.

* * *

Et toi, voyeur honni, ne te hasarde pas au milieu de nous ; ta puanteur bourgeoise te trahira ; gare à ta peau, gare à tes balles.

Le Comité du Bal 1905

❧ ❧ ❧

Tout petit externe, notre frère, tes anciens t'invitent à venir en ce jour à Bullier noyer, dans les chants et les rires, les amertumes et les angoisses que des juges austères ont jetées en ton âme avec leurs questions, les seules que tu ne connaissais pas. Suis les conseils de notre Paul national et délasse-toi dans l'étude d'une anatomie moins osseuse. Laisse ta fleur d'oranger au vestiaire, tu la reprendras à la sortie pour la reporter à ta maman.

❧ ❧ ❧

Pour toi, petite amie, jeune et jolie, ne sois pas avare de tes charmes : c'est toi qui dois le consoler de ses déboires et c'est dans ta coupe qu'il boira l'ivresse.

❧ ❧ ❧

Et toi, voyeur honni, ne te hasarde pas au milieu de nous; ta puanteur bourgeoise te trahira; gare à ta peau, gare à tes balles.

Bal 1905

EXÉCUTION DES ORFÈVRES

DÉFILÉ DES CORTÈGES

MARCHE DE L'INTERNAT

Hôpital de la Charité

Le Triomphe de la Vaseline

Rrran, Rrran.

Citoyens, Citoyennes, Manants.

Voici, pour vous instruire, les applications médicales et autres de *Dame Vaseline*, clef des portes étroites, glissière vers le plaisir, mère des enfantements.

En tête le Pot, bien connu des bonnes femmes d'intérieur, ornement des tables de nuit. Derrière ce Seigneur, conduisant la sarabande, la personnification de la virilité, le Coq et ses sous-Coqs, cocorique son triomphal résultat, grâce à la Vaseline. Puis viennent les Pommades cahotées, soulevées par la roue de la Fortune qui leur donne leur éphémère supériorité. Puis les divers instruments pour lesquels la Vaseline est le voile blanc qui leur cache l'ignominie des lieux vers lesquels on les pousse. Derrière eux, le Spéculum, crainte des timorées, œil qui va vers les antres profonds. L'œil est au fond, regarde... et c'est le bon. Le salut est dans le vase, ainsi que l'indique si bien la tête placée en avant.

Derrière le Spéculum, adressant leurs prières, leurs craintes et leurs désirs à la *Déesse*, les vierges précèdent les *courtisanes* qui, au milieu des fleurs, conduisent le char triomphal de la Vaseline vers l'Éternité.

Le Soleil, vaselineux comme tout ce qui est beau, éclaire la scène champêtre de deux jouvençaux qui, grâce à la Vaseline, peuvent monter au ciel. Devant eux, le *Penseur* réfléchit aux conséquences et pèse le pour et le contre. Derrière le Soleil, lui communiquant son rayonnement, la Vaseline elle-même domine tout le cortège et se repose sur son effigie sur terre.

Et si après cela vous ne vous en servez pas en sortant! C'est que vous êtes indécrottable. Oui, ma chère!

Hôpital Beaujon

Les Organes des Sens

L'Ouïe...... L'Auscultation traînée par la chaîne des Osselets.

Le Toucher. Léda et le Cygne.

Le Goût.... Pantagruel.

La Vue..... Phryné devant l'Aéropage.

L'Odorat.... Mauvaises odeurs. — Bonnes odeurs. — Fleurs.

Le Sixième Sens. ! ! !

Hôpital d'Aubervilliers

Les Mouches et les Infections

I

Char des Punaises et des Mouches.

II

Bateau-Mouche.

III

Char du Charbon.

IV

Char des Choléras.

V

Char de la Maladie du Sommeil.

Hôpital des Enfants-Malades

LE TRIOMPHE DE LA GOUTTE DE LAIT

PREMIER CHAR :

"La Goutte de Lait"

DEUXIÈME CHAR :

"L'Inventeur est conduit dans la Voie Lactée par la Ville de Paris".

V'là le Choléra!!!

I

Saint-Antoine ne craint pas le choléra.

II

Origine du choléra : l'Inde.
Procession du dieu Vichnou sur les bords du Gange pour conjurer le choléra.

III

La conférence de Venise : le réseau sanitaire.

IV

Le choléra des poules.

V

Derniers méfaits du choléra nostras :
Le Grand Guignol,
La Bibliothèque centrale,
Nos bons journaux,
Etc., etc.
L'Interne porté en terre par ses choléras.
(Peut-être bien qu'il n'est pas mort!...)

VI

Le vrai choléra : Celui qui descend la Vistule.

Hôpital de la Salpêtrière

L'Opium et la Morphine

* * *

Précédé de pavots symboliques s'avance sur son char le monstre dévorant de la Morphinomanie.

Les tristes aboutissants ordinaires de cette funeste passion encadrent le monstre.

Ceux-ci sont la Folie morphinique, la Misère, le Suicide, la Mort.

Derrière se pressent les victimes habituelles de la seringue et de la pipe, à savoir : les poètes décadents, les artistes inspirés, les femmes galantes, les tristes coloniaux tueurs de nègres, les marins, les orientaux et aussi quelques geishas et orientales de toutes marques.

Le morphinomane riche et gâteux sur sa chaise percée et armoriée clot la marche.

Hôpital Cochin

Le Roi d'Espagne, conduit par la salle de garde de Cochin, vient chercher femme au "Bal de l'Internat".

Sergents de ville ouvrant la marche.
Musique espagnole.
Le Roi d'Espagne en automobile et sa suite.
Le Président de la République et sa suite.
Gardes municipaux à cheval.
La bombe et les anarchistes.
Gens du peuple espagnol. Espagnoles.
Le sérail du Roi d'Espagne.
Quadrilla de toros et toréadors.

La Messe Rouge

❧ ❧ ❧

Avant-Garde de Diables et Diablotins groupés autour du Roi des Plaisirs Sataniques enfourchant le Coursier des Enfers.

Suit le Char de la Messe Rouge où se consomme le Sacrifice...

A l'arrière du Char, sur un piédestal, se dresse la Volupté dont le derrière est caché par le masque de l'Hypocrisie tourné vers :

Un groupe de Vieillards représentant le Vice.

Groupes Divers

Section Alpine de la Ligue contre la Sclérose et la Tuberculose

L'Alpinisme Scientifique

1° Échange de Gaz.
2° Échange de Matière.
3° La Molécule élaborée moyenne.
4° La Pression artérielle.
5° La Polyglobulie.
6° L'Électricité athmosphérique, captation des Ions.
7° La Cryoscopie des tissus.
8° Le mâle des montagnes.

AMBARD, 79, AVENUE BOSQUET, PARIS

Loges Diverses

Prix de Costumes

Le Prix de costume se divise en prix pour les dames et en prix pour les hommes.

Les costumes de location en sont rigoureusement exclus.

Le Jury récompensera, non les costumes coûteux, mais ceux qui se feront remarquer par l'ingéniosité ou la valeur artistique de leur composition, et qui mettront le mieux en valeur les qualités plastiques des concurrentes.

Et maintenant, internes futurs, présents et passés, le Comité vous salue et vous dit : A l'année prochaine!

Vous avez ri et la vie vous a paru moins sombre. Vous vous êtes grisés et les jours vous furent plus doux entre les bras des vierges lascives. Vous avez oublié les amertumes des concours.

Si vous êtes contents, témoignez votre joie par un triple battement de vos paumes sonores.

Merci, petites vierges folles. Grâce à vos charmes généreusement abandonnés à nos doigts scrutateurs, les heures furent courtes et bonnes; à la coupe de vos seins nous avons bu une ivresse plus douce que celle du champagne, dans l'attente des spasmes rythmés.

Et vous, nos chefs, qui avez bien voulu mettre à notre service votre grande habitude des concours et votre impartialité traditionnelle, merci de nous avoir prouvé que, lorsque nous serons de l'autre côté de la table, nous n'aurons pas tout à fait perdu la science du rire.

RED. :

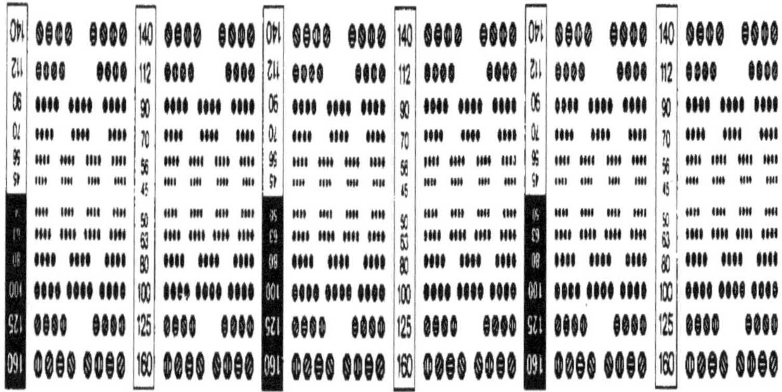

MIRE ISO N° 1
NF Z 43-007
AFNOR
Cedex 7 - 92080 PARIS-LA-DÉFENSE

graphicom
379.89.70

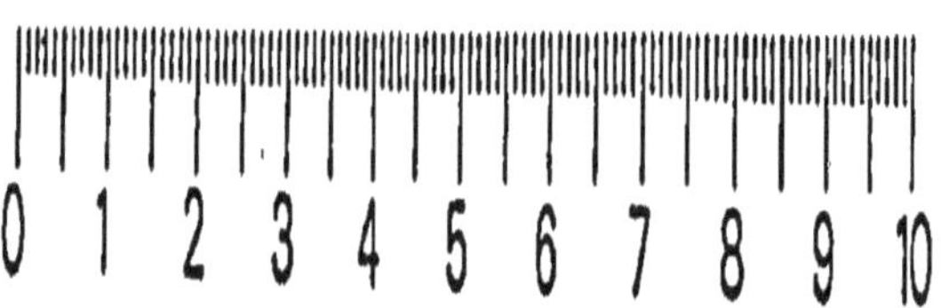

www.ingramcontent.com/pod-product-compliance
Lightning Source LLC
LaVergne TN
LVHW021453060726
842527LV00006B/2218
9782329328812